Thomas Brezina

Un caso para ti y el

EQUIPO TIGRE

El coche de la momia

Ilustraciones de Werner Heymann

sm

Joaquín Turina, 39 28044 Madrid

Dirección editorial: **M.ª Jesús Gil Iglesias**
Colección coordinada por **Marinella Terzi**

Traducción del alemán: *José A. Santiago Tagle*
Ilustraciones: *Werner Heymann*

Título original: *Das Mumienauto*

Joaquín Turina, 39 - 28044 Madrid

Comercializa: CESMA, SA - Aguacate, 43 - 28044 Madrid

ISBN: 84-348-6572-6
Depósito legal: M-12721-1999
Fotocomposición: Grafilia, SL
Impreso en España / *Printed in Spain*
Imprenta SM - Joaquín Turina, 39 - 28044 Madrid

¡Hola! Somos el Equipo Tigre

Biggi – Tenaz como un tigre
Luc – Listo como un tigre
Patrick – Fuerte como un tigre
_____________ - ________ como un tigre
(tu nombre)

Nombre: Patrick
Edad: 12 años
Mis puntos fuertes: Antes era gordo, ahora soy todo músculos. Entreno todos los días. Algunos dicen que tengo poco seso. ¡Tonterías!
Mi mayor problema: A veces me falta valor. ¡No lo vayáis diciendo por ahí!
Lo que más me va: Las películas de acción, los chistes y las cosas divertidas, el deporte, mi conejo Benny.
Características: Casi siempre voy con chándal.

Nombre: Biggi (diminutivo de Birgit)
Edad: 12 años
Mis puntos fuertes: Colecciono de todo, y prefiero ocuparme de las cosas personalmente.
¡A veces los chicos son de lo más patoso!
Mi mayor problema: ¡Soy dura de mollera, y eso suele irritar a los demás!
Lo que más me va: Las prendas holgadas, los helados de avellana, las cosas ricas, la cocina, los caballos.
Características: Me paso el día comiendo.

Nombre: Luc
(diminutivo de Lucas)
Edad: 11 años
Mis puntos fuertes:
Me apasionan los experimentos, los ordenadores y los aparatos que tienen control remoto. ¡He construido un frigorífico volante!
Mi mayor problema: A mi alrededor reina el caos. ¡Siempre hay algo que no encuentro!
Lo que más me va: Las hamburguesas, los libros sobre vikingos, inventos y cosas por el estilo; mi bloc electrónico, que he transformado en una máquina de locura.
Características: Siempre llevo conmigo un maletín especial.

¡Ahora ya eres uno de los nuestros!
Haz tu presentación:

Pon tu foto aquí

Nombre: ____________________

____

Edad: ____________________

Mis puntos fuertes: ____________________

____

____

____

Mi mayor problema: ____________________

____

____

Lo que más me va: ____________________

____

____

Características: ____________________

____

____

¡Enseguida comienza un nuevo caso para ti y para nosotros!

IMPORTANTÍSIMO

Tú puedes participar activamente en esta aventura. Responde a las distintas preguntas planteadas, utilizando las pistas y el cerebro.

Las preguntas se representan de este modo:

¡Busca la pista que lleve a la respuesta correcta! El bloc electrónico de Luc te dirá si has acertado. Para ello, coloca encima el descodificador del Equipo Tigre y gíralo suavemente hasta que puedas leer la solución.

El descodificador y todo lo que necesites para resolver el caso están en el sobre que encontrarás al final del libro.

¡No te olvides! Anota en la Tarjeta del Caso un punto por cada acierto. La encontrarás en la página 123.
¡Y ahora, empieza la aventura!

Un coche al acecho

Ni Luc, ni Biggi, ni Patrick lo oyeron venir. A primera vista, aquel coche de color verde chillón parecía totalmente normal.
Si acaso, lo más llamativo eran las dos franjas amarillas en zig-zag que tenía a ambos lados.
Era el tercer plátano que Biggi se comía aquel día.
—¿Es que has estado entre los monos? –se burló Patrick.
—¡Muy gracioso! –protestó Biggi–. Cuando no es por las barras de chocolate y avellana, te burlas porque como plátanos.
Detrás de los tres amigos del Equipo Tigre chirriaron unos neumáticos en el asfalto.
Asustados, los tres chicos se dieron la vuelta y vieron el coche deportivo verde.
—Sin duda ese tipo ha tirado del freno de mano y al mismo tiempo ha pisado el acelerador. ¡Está loco! –exclamó Luc.

De pronto, la estrecha calle apestó a goma quemada.
Biggi, asustada, tragó saliva, y le dio un ataque de tos.
—¡Fijaos en el tipo que va al volante! –dijo jadeando.
Los chicos se echaron a un lado, porque el parabrisas del coche reflejaba con fuerza la luz del sol. Entonces también ellos vieron lo que tanto había asustado a Biggi.

El asiento del conductor lo ocupaba una momia. Una momia envuelta en vendas de color gris pardusco. No se le veían ni los ojos, ni la nariz, ni la boca. Tampoco parecía llevar ninguna ropa puesta.

—¡Pe... pero no es posible! –exclamó Patrick.

Al otro lado de la calle se abrió la verja que daba entrada a un inmueble. Por ella salió un hombre de pelo blanco con una carpeta. Se disponía precisamente a cruzar la calle cuando el coche de la momia salió embalado hacia él. Parecía como si le hubiera estado esperando.

El hombre volvió la cabeza, vio el coche verde y abrió aterrado la boca y los ojos mientras se quedaba inmóvil en medio de la calzada.

La momia fue derecha hacia él.

No cabía duda de que quería atropellarlo.

—¡Cuidado! –gritaron los tres amigos.

El hombre reaccionó y se tiró de un salto

a la acera. El coche verde le pasó rozando y desapareció por la curva siguiente.

—¿Se encuentra bien? –preguntó Biggi, que acudió corriendo hacia el hombre.

—Sí, sí… estoy bien –balbuceó éste, y se levantó con un gemido. Había tropezado con el borde de la acera y se había caído, haciéndose un agujero en el pantalón.

—Ese tipo disfrazado de momia es un peligro público. ¡Habría que encerrarlo! –afirmó Luc–. Seguro que la policía, con sus ordenadores, averiguará pronto quién es el propietario del coche.

—No será tan fácil –afirmó Patrick.

¿Por qué no será tan fácil encontrar al propietario del coche?

¿Quién será el desconocido?

—No se me va de la cabeza que aquella momia quisiera atropellar al hombre –dijo Luc dándole vueltas al asunto.
Sin embargo, Biggi y Patrick no estaban tan seguros.
El hombre se levantó quejándose y se sacudió el polvo del pantalón y de la chaqueta. Los amigos del Equipo Tigre se dieron cuenta de que sus manos temblaban.
—¿Quiere que le ayudemos? –se ofreció amablemente Patrick.
—¡No! –le soltó el hombre enfadado–. Largaos y dejadme en paz.
Y recogiendo del suelo la carpeta, se marchó apresuradamente. Debió de haberse hecho daño en una pierna, pues cojeaba bastante.
—Qué raro –dijo Luc–. No sé por qué se ha enfadado tanto con nosotros –explicó

Lucas–. Supongo que ese hombre vive en el edificio del que ha salido. Vamos a ver cómo se llama.
Biggi y Patrick estuvieron de acuerdo.
Los chicos cruzaron la calle y abrieron la alta y pesada puerta.
Dentro del edificio, el ambiente era fresco y olía a humedad. La pintura de las paredes estaba desconchada. Las puertas de la planta baja estaban cerradas y clavadas con maderos.
Los del Equipo Tigre se quedaron quietos, escuchando atentamente. De la planta de arriba provenía música de un aparato de radio y olor a comida. Eso quería decir que el edificio estaba habitado.
Por una escalera subieron al primer piso y contemplaron un pasillo largo y sombrío.
Patrick subió de puntillas al piso superior, pero regresó enseguida.
—¡Todas las puertas de arriba están cerradas con maderos! –informó.

—Entonces don Desconocido sólo puede haber salido de uno de estos apartamentos –afirmó Luc, y repasó con la mirada puerta a puerta.

Pregunta para ti

¿De qué apartamento ha salido aquel hombre?

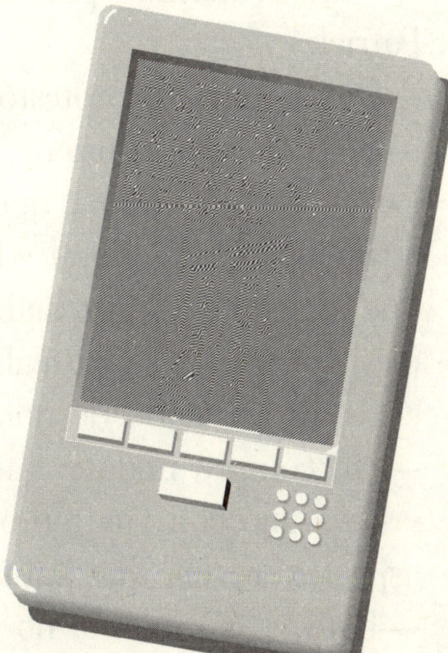

El usurero

En una vieja placa en la puerta, ponía: «Annabella Russel».

—Curioso nombre para un hombre –gruñó Patrick.

—¡Serás tonto! –protestó Biggi.

—Sólo era una broma.

Lucas tocó el timbre, que resonó con estridencia por todo el edificio, y oyeron que alguien se aproximaba arrastrando los pies. La puerta se entreabrió y por ella asomó el rostro arrugado de una anciana.

—No compro nada y tampoco espero visita –dijo con voz temblorosa. Por su aspecto, se veía que había llorado.

—Esto… nosotros… no le queremos vender nada –explicó Luc–. Se trata del hombre que ha estado aquí hace un rato. ¿Es su hijo?

—¿Mi hijo? ¡Qué va a ser mi hijo, ese sinvergüenza! –dijo enojada la mujer intentando cerrar la puerta; pero Biggi metió rápidamente el pie.

—Por favor, díganos quién es. ¡Es muy importante! –le suplicó la chica.

—Ese hombre es un usurero y se llama Hendrik Meier. Es el propietario de estos muros ruinosos y ha vuelto a subir el alquiler. Yo ya no puedo seguir pagando y tendré que irme a un asilo –los ojos de la mujer se llenaron de lágrimas.

—En todo caso, parece que no se aprecia mucho al tal señor Meier –susurró Luc.

—A lo mejor le han querido atropellar para vengarse –supuso Patrick.

—¿Sabe usted dónde vive este usu... eh... el señor Meier? –preguntó Lucas.

La anciana asintió:

—Tiene una lujosa villa en el lago Kiel. ¡Y no me extraña, porque nos exprime hasta el último céntimo! Pero ¿por qué os interesa ese hombre?

—Por... saberlo... –balbucearon los chicos,

que empezaban a retirarse–. En fin, muchas gracias por la información.

El Equipo Tigre salió del edificio en dirección a su refugio secreto, que se encontraba en el sótano de un restaurante chino llamado El Tigre de Oro. En el patio habían dejado sus bicicletas y ahora las necesitaban con urgencia.

Los chicos salieron de la ciudad pedaleando en dirección al lago Kiel, y allí preguntaron por la casa de Hendrik Meier. Finalmente, tras dos horas de búsqueda, dieron con su villa.

La finca se hallaba rodeada de una enorme verja con puntiagudos barrotes de hierro. Los tres amigos llamaron al portero automático, pero nadie contestó. El portal de entrada permaneció cerrado.

Patrick echó un vistazo por entre los barrotes y susurró:

—Veo un coche de lujo. Apuesto a que ese tipo está en casa.

Los frondosos árboles no dejaban ver la villa. Luc supuso que por la otra parte daría al lago.

—Si no nos deja pasar es que esconde algo –manifestó–. Propongo que vayamos en bici hasta la otra orilla y alquilemos un bote. Luego remaremos hasta la casa

y nos colaremos en la villa. A lo mejor conseguimos averiguar algo.

—¿Y si también la orilla del lago la tiene igual de vigilada? –preguntó Patrick.

—Pues entonces, ¡mala suerte! –exclamó Luc.

El viaje hasta la otra orilla les llevó más de media hora. Ya estaba oscureciendo cuando

finalmente llegaron con el bote de remos hasta la otra parte. Allí contemplaron desorientados todas las casas que daban al lago. ¿Cuál sería la de Hendrik Meier?

¿Cuál es la villa de Hendrik Meier?

Llamada misteriosa

Patrick atracó en la orilla que daba a la finca de Meier.

A continuación los chicos empujaron el bote hasta tierra firme y lo escondieron entre unos arbustos.

—¿Qué hacemos ahora? –preguntó Patrick en voz baja.

Luc se llevó el dedo índice a los labios y les indicó que le siguieran.

Agachados, avanzaron sigilosamente hacia la casa entre árboles y arbustos. Se veía luz en algunas ventanas de la planta baja.

Biggi se subió a los hombros de Patrick para poder echar un vistazo por una de las ventanas abiertas.

—¿Qué ves? –preguntó Luc, lleno de curiosidad.

Biggi veía cómo Meier iba y venía inquieto

por la habitación. Una criada le trajo un vaso en una bandeja. Él lo cogió deprisa, pero se le fue de la mano y se hizo trizas en el suelo.

—¿Está usted nervioso? –preguntó la criada.

—¡Fuera, lárgate! Quiero que me dejes en paz de una vez. ¡Y si alguien vuelve a llamar, no abras bajo ningún concepto! –ordenó el hombre a la asustada sirvienta, que asintió y abandonó el cuarto con rapidez.

El señor Meier se secó el sudor de la frente.

El teléfono sonó y él, en lugar de descolgar, apretó un botón junto al aparato.

—¿Es el señor Meier? –se oyó decir a una voz grave.

El señor Meier había conectado el sistema de manos libres, por eso se podía oír bien al interlocutor.

—Sí, soy yo –dijo jadeando–. ¿Dónde tengo que ir? –se oyó decir nervioso al señor Meier.

—¿Por qué retumba así su voz? –preguntó desconfiado el otro.

—Seguro que ha querido grabar la conversación, pero le ha dado al botón que no era –susurró Biggi.

—Esto… mi teléfono… es el sistema de manos libres, ya sabe –balbuceó Meier.

—No, no lo sé. Nadie debe oír conversaciones como ésta, ¿entendido? –dijo el otro muy enojado–. Escuche, como me haga una jugarreta se va a enterar usted.

Los dedos temblorosos de Meier se dirigieron al auricular y quitaron el altavoz. Biggi no pudo oír el resto de la conversación, sólo a Meier balbucear:

—Sí, sí… Entendido… Dentro de una hora… De acuerdo… –decía mientras garabateaba algo con el bolígrafo en su bloc de notas.

Después de colgar arrancó la primera hoja y se fue de la habitación con paso apresurado.

—Debemos seguirle –dijo Biggi a sus amigos.

—¡No es posible, tenemos las bicicletas en la otra orilla! –repuso Patrick.

Entonces Biggi se apoyó con agilidad en la ventana y entró en la habitación.

De puntillas llegó hasta el escritorio y cogió el bloc de notas para leer lo que había escrito el señor Meier.

Seguro que se notaba la presión del bolígrafo.

—¡Qué fastidio, no consigo leer nada! –murmuró.

Pero entonces se le ocurrió un truco para poder ver lo que estaba escrito.

Pregunta para ti

¿Cómo lo puede leer?

Pista Equipo Tigre

Tu tarjeta coleccionable puede serte de ayuda para saberlo.

El mal paso de Biggi

Biggi salió rápidamente por la ventana. Pero, en vez de apoyarse sobre los hombros de Patrick, tuvo la mala ocurrencia de hacerlo en la nudosa rama de una planta trepadora.

Ésta se rompió y Biggi se precipitó hacia abajo. Con un grito cayó sobre el césped.

—¿Te has hecho daño? –le preguntaron preocupados sus amigos.

Biggi notaba un dolor punzante en el tobillo, pero apretó los dientes y negó con la cabeza.

El señor Meier volvió a entrar en su despacho.

Los tres amigos del Equipo Tigre se pegaron al muro de la casa cuando, por encima de sus cabezas, el hombre cerró la ventana.

—¡Vamos, larguémonos! –se apresuró a decir Luc.

Biggi cojeaba, por lo que no podían avanzar muy deprisa.

Cuando por fin alcanzaron sus bicicletas, ya había oscurecido.

—Iros sin mí, os seguiré despacio. El tobillo me duele horriblemente –dijo Biggi, entregando la hoja a los chicos.

Luc encendió la linterna para ver lo que había anotado el señor Meier.

El resto estaba garabateado de tal modo que, por mucho que se esforzó, Luc no consiguió descifrarlo.

—No, Biggi, no te dejaremos sola –decidió Patrick, y montó a su amiga en la parte trasera de su bicicleta.

El parque estaba solitario y en silencio cuando llegaron los del Equipo Tigre.

El viento azotaba las altas copas de los árboles, produciendo un intenso susurro.

Luc vivía cerca del parque y conocía bien el busto de Beethoven. Al lado había una zona de juegos infantiles.

—Ya no queda nadie aquí –comprobó decepcionada Biggi–. Hemos llegado tarde por mi culpa. No averiguaremos jamás con quién se ha citado aquí Meier ni lo que ha hecho.

Pero los chicos no querían darse por

Beethoven

vencidos tan pronto, así que buscaron por los alrededores del monumento. Sin embargo, no encontraron nada sospechoso.

Finalmente, Biggi hizo un importante descubrimiento, y eso que se pasó todo el rato sentada en el banco.

¿Qué ha descubierto Biggi?

Un grito en el parque

Sin pensárselo mucho, Patrick cogió la bolsa y la abrió.

—¡Chicos, esto es impresionante! –exclamó agitado al abrir aquella bolsa llena de dinero.

Los tres amigos contaron los billetes y se miraron asombrados. ¡Treinta mil marcos! ¿Sería la suma de un rescate?

—A lo mejor han secuestrado a alguien –dijo Luc, que volvió a meter deprisa el dinero en la bolsa.

A continuación se escondieron tras un banco a esperar. Si los secuestradores se dejaban ver, quizá podrían denunciarlos a la policía. Así que estuvieron esperando casi una hora, pero nadie acudió.

—Chicos, tenemos que ir a casa; si no, nos la jugamos –los apremió Biggi.

Patrick y Luc asintieron. Faltaba poco para las nueve y seguro que sus padres ya andaban muy preocupados.

Salieron con cuidado de su escondite y se encaminaron hacia la salida del parque. Estaban ya cerca cuando alguien vino a su encuentro.
Era una anciana que se apoyaba en un bastón. Llevaba a su lado tres perritos sujetos por una correa.
—Es la señora Beckermann. Vive en un piso debajo de nosotros –susurró Lucas.
Para que la vecina no los viera, los tres amigos se escondieron rápidamente detrás del grueso tronco de un árbol.
—Eh, mirad. También lleva una bolsa de plástico. Y parece que está llena de dinero –susurró Patrick–. La seguiré discretamente para ver qué hace con ella.
Cuando volvió, unos minutos más tarde, informó alarmado:
—Ha tirado la bolsa en la misma papelera. También lleva dinero dentro, he visto cómo caía de ella un fajo de billetes.

—La señora Beckermann no tiene familia, así que no le han podido secuestrar a nadie. Entonces, ¿por qué dejará tanto dinero? –se extrañó Luc.
El chico decidió que al día siguiente visitaría a su vecina para intentar sonsacarle algo.
—¿Y no deberíamos vigilar la papelera? –preguntó Biggi en voz baja, pero los chicos no estuvieron de acuerdo, ya que no estaban dispuestos a poner en peligro a nadie.
Cuando finalmente los tres se fueron de aquel parque sombrío, oyeron a sus espaldas un fuerte grito.
—¡Ha sido la señora Beckermann! –exclamó Lucas, corriendo hacia donde provenía el grito.
La anciana estaba sentada en un banco del parque y, quejándose, con una mano se frotaba la pierna derecha. En la otra todavía sostenía las tres correas cortadas. Los perros habían desaparecido.

—¿Quién… quién ha robado los perros? –preguntó Luc jadeando. La señora Beckermann

[redacted]

inspiró hondo, pero su impresión había sido tan fuerte, que no fue capaz de decir una sola palabra. El sofoco del disgusto ahogaba a la

[redacted]

mujer, que finalmente
rompió a llorar.

—¿Hacia dónde ha huido el ladrón? –preguntó Patrick al llegar.

Pero la impresionada mujer no lo sabía, se limitaba a encogerse de hombros.

Los chicos se dieron la vuelta para mirar a todos lados.

Pregunta para ti

¿Hacia dónde ha huido el ladrón?

Encontrarás la respuesta junto a las ilustraciones.

Más dinero

Patrick corrió por el césped y saltó una valla, tratando de cortar el paso al ladrón que había robado los perros. Pero éste llevaba demasiada ventaja.

Se oyó cerrarse la puerta de un automóvil, el rugido de un motor y el chirriar de neumáticos.

El ladrón de los perros escapaba. Patrick ni siquiera pudo distinguir el número de matrícula.

El chico dio rabioso un pisotón y regresó con los demás.

—¡La policía no, por favor, no la aviséis! –exclamó la señora Beckermann–. Todo está bien, no ha pasado nada.

—Pero los perros… –insistía Lucas.

—Se los he dejado a una persona porque me voy de vacaciones… –balbuceó la mujer.

—Eso no se lo cree ni usted –dijo Biggi.

—Dejadme en paz. ¡Lo que yo haga no os importa! –se enfadó la señora Beckermann. Y levantándose del banco entre gemidos, se alejó tambaleándose.
—¿Por qué habrá mentido? –preguntó Biggi.
—Debe de tener un miedo espantoso. Probablemente la han amenazado. Igual que al señor Meier.
Cuando los del Equipo Tigre pasaron junto a la papelera cercana al monumento, las bolsas habían desaparecido. Así pues, la entrega del dinero se había producido.
Sin embargo, seguía siendo un misterio que el malhechor se hubiera llevado también los perros.

Al día siguiente no había colegio.
Los tres amigos quedaron en encontrarse en su refugio secreto, pero Luc trasladó el encuentro a su casa.

Lamentablemente, Biggi tuvo que renunciar a ir porque tenía el tobillo hinchado y apenas podía caminar. Patrick apareció poco después de las once.

—Hoy limpiaremos las ventanas –dijo Luc. Ante la cara de sorpresa de Patrick, Luc le contó su plan–: Los señores que limpian los cristales tienen trabajo en nuestro edificio. Les he propuesto ayudarles un poco y estuvieron de acuerdo; pero dejaron claro que no nos pagarían ni un triste marco.

—Entonces, ¿para qué lo hacemos? –preguntó Patrick.

—Porque de ese modo podemos echar un vistazo al apartamento de la señora Beckermann –repuso Lucas.

—Muy listo –reconoció Patrick.

Al poco rato, Patrick tenía puesto un mono azul y, subido a la alta escalera de un remolque, limpiaba las ventanas del

apartamento de la señora Beckermann en el tercer piso. Estaba cogido a la escalera con un cinturón de seguridad y se había bajado bien la visera del gorro azul para que la anciana no lo reconociera.
Ésta se encontraba acomodada en el sofá, con el teléfono sobre una mesa. Cuando el aparato sonó, se apresuró a descolgar el auricular.
—¿Dígame? –contestó, y al cabo de un rato dijo angustiada:
—Pero si ya he pagado cincuenta mil marcos. ¿Cuánto quiere usted todavía?
La respuesta la asustó mucho.
—¿Dinero por el rescate de mis perros… y dinero para protegerme de la venganza de la momia? –jadeó la anciana–. Es demasiado … ¿De dónde voy a sacarlo? ¿Mi libreta de ahorros? ¿Cómo sabe usted lo de mi libreta de ahorros? –preguntó asustada.

La señora Beckermann se hundía más y más en el sofá. Finalmente, accedió. La cita se fijó en la torre mirador de la Cima de Fuego.

—¿Cuándo? –preguntó la anciana–. A las…

Y precisamente cuando estaba repitiendo la hora, un camión pasó por la calle con un ruido atronador y Patrick no pudo oírla.

Pregunta para ti

¿A qué hora debe entregarse el dinero?

El automóvil de la momia actúa

Cuando la señora Beckermann colgó, se llevó el pañuelo a la boca y empezó a llorar. Patrick sintió pena por la mujer. Cómo le hubiera gustado pasar al otro lado de la ventana a consolarla.

—¡Eh! ¿Qué pasa? ¿Has visto u oído algo? –preguntó Lucas desde abajo.

Patrick le hizo una señal para que se callara. Aún quería seguir observando a la señora Beckermann.

Ni Lucas ni Patrick se dieron cuenta de que el automóvil verde con la franja amarilla a los lados había aparecido por la esquina, casi sin hacer ruido.

—¿Pasa algo? –preguntó Luc en voz baja.

El desconocido del automóvil verde aceleró con el freno de mano echado. Las ruedas giraron echando humo. Cuando Lucas se quiso dar cuenta, ya era demasiado tarde.

El conductor soltó el freno y el automóvil salió embalado hacia él. El chico saltó a un lado, pero el coche chocó con fuerza contra el pequeño remolque al que estaba sujeta la escalera.

—¡Eh! ¿Qué pasa? –gritó asustado Patrick al tambalearse la escalera.

El chaval tuvo el tiempo justo de agarrarse a la barandilla del balcón de la señora Beckermann y allí se sujetó fuerte.

La escalera se cayó, el cinturón de seguridad se partió y el chico quedó pataleando con desesperación.

Se encontraba en el tercer piso, diez metros por encima de la acera.

No debía caer.

Sudaba por cada poro de su cuerpo y en cuestión de segundos estuvo empapado.

Lucas gritó al ver cómo la escalera se le venía encima. En un momento caería sobre él.

Entonces, una mano poderosa lo apartó del peligro.
Un instante después, la pesada escalera metálica golpeaba atronadoramente sobre la acera.
—¿Estás bien? –preguntó uno de los limpiadores de cristales.
Luc asintió enmudecido.
—¡Socorro! –gritó desesperado Patrick.
Se estaba escurriendo de la barandilla.
Trató desesperadamente de aferrarse a otro lugar.
Lucas subió corriendo hacia el tercer piso y aporreó la puerta de la señora Beckermann mientras tocaba el timbre con furia.
Cuando la mujer abrió, la apartó sin miramientos y corrió hacia el balcón.
Tendió a Patrick las manos y le sujetó el brazo libre. A continuación trató de izar a su amigo con todas sus fuerzas.

El limpiador de cristales le había seguido y acudió enseguida a ayudarle.
Uniendo sus fuerzas, consiguieron levantar a Patrick hasta el balcón.
Luego, agotados, los tres se sentaron en el suelo de la terraza, aunque tardaron unos minutos en recuperarse.
Luc fue el primero en levantarse y en mirar hacia abajo.
El chaval vio a la señora Beckermann cruzando torpemente la calle.
El coche de la momia había vuelto a ocultarse tras una esquina, pero ya se dirigía a gran velocidad hacia la mujer.
Cuando ésta lo vio venir, quedó paralizada en la calzada.
—¡Corra! –gritó Lucas. El automóvil iba derecho hacia la mujer sin que se oyera el ruido del motor.
El tiempo parecía haberse detenido.
La señora Beckermann seguía mirando

inmóvil a la momia que iba al volante y dejó caer su bolso.
El automóvil estaba a unos metros de ella y el conductor seguía sin frenar.
Sólo en el último segundo dio un volantazo y pasó como una exhalación al lado de la aterrada mujer.
—¡Bajemos rápido a socorrerla! –dijo Luc, saliendo precipitadamente del apartamento. Cuando llegó a la calle, la señora Beckermann ya había desaparecido.
Tampoco se veía por ningún lado al coche de la momia.
La idea de un coche fantasma le vino a la cabeza.
¿Cómo podía ser tan silencioso?
Esos coches no existían... ¿o sí? De pronto se le ocurrió de qué clase de automóvil podía tratarse.

Pregunta para ti

¿De qué clase de coche se trata?

El Equipo Tigre se lleva un chasco

La policía acudió y explicaron lo sucedido. Naturalmente, Lucas también contó lo del enigmático coche conducido por la momia, pero la policía no le creyó ni una palabra.

—Pues llamen ustedes al señor Meier y pregúntenle –propuso Luc a los agentes.

Uno de ellos se metió en el furgón policial y llamó por radio. Cuando regresó tenía una expresión seria.

—Mira, chaval, será mejor que no nos mientas –dijo con severidad–. El señor Meier no sabe nada ni del dinero de un rescate ni de ningún coche con momia. Pero me ha contado que ayer estuvieron en su edificio tres chicos. ¿No seríais tú y tus amigos?

Para no tener que mentir, Luc prefirió callar. Por suerte, el policía no siguió indagando. De todos modos, aquello había supuesto una dolorosa derrota para el Equipo Tigre.

Por la tarde se reunieron en el refugio secreto, cuya entrada estaba oculta detrás de la estatua de un tigre.
Allí, Luc había instalado un pequeño laboratorio, Biggi coleccionaba viejos periódicos y Patrick tenía un taller en el que arreglaba aparatos electrónicos.
—¿Cómo puede una momia conducir un coche? –se preguntaba Luc, convencido de que la cabeza del misterioso conductor estaba totalmente vendada.
Entonces Patrick se acordó de que la señora Beckermann había dicho por teléfono algo de un dinero a cambio de protección.
—Pedir dinero a cambio de protección es algo despreciable –afirmó Biggi–. Obligan a la gente a pagar para que ningún

granuja le haga daño. Es extorsión, un método mafioso.

—La señora Beckermann y el señor Meier tienen que pagar para que la momia no los atropelle –dedujo Lucas.

—Debemos averiguar quién está detrás de esa momia. Seguro que esta tarde aparece en la Cima de Fuego, cuando se efectúe el pago. Nos esconderemos con las bicicletas entre los arbustos y luego seguiremos al coche –propuso Patrick.

Luc estuvo de acuerdo. Pero Biggi estaba de mal humor, pues no podía ir con ellos a causa de su tobillo.

A las cinco y media ya estaban en la Cima de Fuego.

La colina debía su nombre al vivo color rojo que en otoño adquirían las hojas de las hayas.

A unos cuantos pasos de la subida a la torre mirador, había un viejo quiosco con la puerta bien abierta.

Alguien había hecho saltar la cerradura. En el quiosco no había nada, tan sólo un par de estanterías. Los dos amigos se metieron en aquella caseta a esperar.

A las siete en punto llegó la señora Beckermann en un taxi.

Inmediatamente despidió al taxista y se puso a esperar delante de la torre.

Pero nadie acudió.

Eran ya cerca de las siete y media cuando apareció una moto.

Su conductor llevaba un traje de motorista rojo y blanco y un casco con visera reflectante, de modo que no se le podía ver la cara. Detrás llevaba una caja de cartón sujeta con elásticos.

El motorista frenó bruscamente delante de la señora Beckermann y extendió la mano. Ella le entregó un grueso sobre en

el que se encontraba el dinero y suplicó:
—Por favor, entrégueme a mis pequeños;

los pobres estarán pasando un miedo horrible.

El motorista cogió bruscamente la caja y la tiró a los pies de la mujer.

Cuando ésta se agachó a recogerla, hizo rugir el motor con la intención de salir a toda marcha.

Pero entonces, Patrick salió precipitadamente del quiosco con su bicicleta.

El motorista se asustó, pues no había contado con aquello, perdió el equilibrio y la pesada máquina se volcó. Enseguida, Patrick se abalanzó sobre él para hacerle una llave.

Pero el hombre se lo quitó de encima y se dispuso a huir.

Entonces Luc le cerró el paso.

Los dos amigos del Equipo Tigre le acosaban tanto, que no le quedó más que una sola escapatoria: subir a toda prisa a la torre mirador.

Pero eso fue un error.

—¡Ha caído en la trampa! –se alegró Luc.

Corrieron tras él y llegaron sin aliento a la parte más alta. Sin embargo, era como si al motorista se lo hubiera tragado la tierra.

¿Dónde está el motorista?

¿Una posible pista?

Con la agilidad de un mono, el motorista descendió por la estructura de hierro de la torre hasta el suelo.
Los chicos bajaron demasiado tarde.
El desconocido ya estaba sentado en la moto y acelerando. Todo lo que quedaba de él era una nube negra del tubo de escape.
—¡La culpa es sólo vuestra! Os entrometéis en todo! Además, ¿cómo es que no estáis a estas horas en la cama? –les soltó enfadada la señora Beckermann.
Los dos amigos la miraron asombrados.
¿De qué estaría hablando?
Sólo cuando la anciana abrió la caja de cartón y se la plantó delante, comprendieron los chicos a qué se refería.
La caja estaba vacía. Aunque la señora Beckermann había pagado, no había recuperado a los perros.

—Son peores de lo que me había figurado –gruñó Lucas.

—Ya sé dónde los podemos encontrar. Esos

granujas han podido cometer un grave error –exclamó Patrick con ansiedad.

—¿Es que eres adivino? –preguntó Luc de forma socarrona.

Patrick sonrió con superioridad. Estaba orgulloso de haber sido por fin más listo que su amigo.

La señora Beckermann se alejó con rabia.

–¡Se lo contaré a tus padres! –amenazó a Lucas.

—¡No lo haga! –se lamentó. Sus padres le reprochaban día tras día que pasara tanto tiempo en la calle con sus amigos, y ahora, esto.

—Bueno, ¿qué? ¿Volvemos a casa o nos ponemos a buscar a los chantajistas y al coche de la momia? –preguntó Patrick.

—Ahora ya da igual –afirmó Luc–. De todos modos, mis padres se pondrán hechos una furia. ¿Por dónde empezamos a buscar?

—Te lo diré enseguida –respondió Patrick.

Pregunta para ti

¿Adónde quiere ir Patrick?

El oscuro almacén

Los dos amigos llamaron a Biggi, que había permanecido en su casa.

—Mañana volveré a estar en forma –anunció la chica con alegría, pues la hinchazón del tobillo había bajado mucho.

Luc le contó lo que había sucedido y la decisión de seguir aquella pista a toda costa.

El camino del Barco estaba junto al río. En aquel lugar se encontraban varios almacenes.

En uno de ellos se había acondicionado una discoteca, donde ya habían estado una vez los del Equipo Tigre.

El número 23 era un almacén de madera de tres plantas. La puerta estaba atrancada con una gruesa viga, y asegurada con una cadena y varios candados.

No había ninguna ventana.
—Me temo que nos hemos equivocado de lugar. Seguramente aquel tipo cogió la caja de cartón de la basura –afirmó decepcionado Luc.
Patrick también creía que la dirección no los llevaba a ningún sitio.
De todos modos, no quería abandonar tan pronto, así que decidió examinar el exterior del almacén con más detenimiento.
—¿Y bien? –preguntó Luc cuando su amigo volvió de hacer su ronda.
Patrick suspiró.
—Nada, absolutamente nada. No hay más ventanas ni puertas. De todos modos, me gustaría saber lo que hay dentro. A lo mejor avanzamos algo.
Lucas llevaba su maletín especial y se puso a revolver en él.

Con una sonrisa triunfal sacó una herramienta.

—¿Qué es eso? –preguntó Patrick.

—Un berbiquí. Hace agujeros bastante grandes. Era de mi abuelo –le explicó a Patrick.

Seguidamente empezó a perforar algunos agujeros en la fina pared del almacén para poder mirar por ellos.

—Este garito está oscuro como boca de lobo. ¡No veo ni torta! –comprobó decepcionado.

Después perforó otro agujero más grande para introducir por él su linterna de bolsillo, que, aunque era potente, tenía el grosor de un bolígrafo.

Mientras miraba por los agujeros, hizo que el haz de luz de la linterna se moviera por aquel espacio interior. Entre tanto, trataba de dar forma a lo que veía, pero no le resultó fácil.

Pregunta para ti

¿Qué ve Luc en el almacén?

En el frigorífico gigante

Luc no daba crédito a sus ojos. Hizo una señal a Patrick para que acudiera a mirar por los agujeros y movió la linterna.

—¿Y bien?... ¿La has visto tú también? –preguntó nervioso.

Patrick asintió.

—Pero... normalmente esos bichos son pequeños. ¿Cómo éste es tan enorme?

—En el almacén debe de haber una especie de cámara de los horrores...

Lucas se estremeció, pues alguien por detrás le tapó la boca y la nariz con un apestoso trapo. También a Patrick lo pusieron fuera de combate con cloroformo.

Cuando Luc volvió en sí, la cabeza le zumbaba. El chico aún tenía en la nariz aquel espantoso olor. Se levantó gimiendo y trató de ver algo a su alrededor, pero estaba totalmente oscuro. Tanteó inútilmente en busca de su maletín.

—Entonces cogeremos ésta –murmuró y, rebuscando, sacó del bolsillo del pantalón una minilinterna que, aunque era más pequeña todavía que su meñique, daba una luz tan brillante como una de las grandes. Entonces vio que se encontraba en una habitación pequeña y húmeda, totalmente vacía.

Buscó grietas en las paredes, pero, como estaban hechas de metal, no dio con ninguna.

Finalmente encontró una puerta.

Era estrecha y no tenía picaporte, sólo un tirador.

En el tercio superior había una ventana redonda, pero por la parte de fuera la habían tapado, así que no se veía nada.

De pronto le vino un terrible pensamiento. ¿Y si se tratara de una cámara frigorífica? En un almacén no sería raro. Pero si la conectaban, podría convertirse en un gélido ataúd para él y para Patrick.

Biggi ya había llamado cuatro veces a las casas de Luc y de Patrick, y los preocupados padres le dijeron que aún no habían regresado.

—¿Sabes adónde han ido? –le preguntó la madre de Luc.

Biggi contestó que no.

Tal vez los chicos habían dado con una pista definitiva y volverían con el caso resuelto.

Era mejor no molestarlos.

Pero al final, también la propia Biggi se preocupó y se fue en bici hacia el camino del Barco.

El almacén del número 23 no estaba cerrado.
Habían desaparecido los candados, la cadena y la tranca.
Biggi llamó titubeante.
Alguien se acercó arrastrando los pies y entreabrió la puerta. Pero Biggi no pudo ver a nadie.
—¿Quién es? –preguntó una voz estridente.
—Esto… busco a mis amigos… dos chicos… ¿Han estado aquí? –balbuceó Biggi.
—Aquí no ha venido nadie. ¡Lárgate! –exclamó aquella persona y cerró la puerta.
Biggi oyó cómo dentro corrían un cerrojo.
Pero la chica no se dio tan pronto por vencida.
Paseó arriba y abajo buscando alguna pista por entre los almacenes.

De pronto, a sus espaldas sonaron pasos firmes.
Biggi se volvió asustada y vio a un hombre.
A primera vista lo confundió con un policía; pero más bien parecía tratarse de un guardia de seguridad. Biggi le preguntó también por sus amigos.
El vigilante movió la cabeza.
–No, no ha venido nadie. Por lo menos, en toda la tarde.
Llevo aquí desde las seis. Los habría visto, seguro.
Biggi suspiró y decidió irse a casa.
Si Patrick y Luc aún no habían regresado, tendría que explicárselo todo a los padres de los chicos, aunque se llevara una regañina.
«¡Me están engañando! Patrick y Luc sí que han estado aquí», se percató la chica justo a tiempo.

DE

Pregunta para ti

¿Cómo ha llegado Biggi a esa conclusión?

Peligro gélido

Biggi hizo como si se fuera a marchar. Pero, en realidad, torció por una esquina y desde allí se fue sigilosamente a la parte de atrás del almacén donde ella creía que se encontraban sus amigos. ¿Cómo podría entrar allí? La única puerta estaba bien vigilada. La chica tanteó con cuidado la pared de madera. A lo mejor, uno de los tablones estaba suelto y podría empujarlo a un lado.

—¡Qué fastidio! –protestó la chica. Sin saber qué hacer a continuación, sacó un plátano y se lo empezó a comer.

Entretanto, también Patrick había recuperado el conocimiento. La cabeza le zumbaba y tenía la boca seca.

—No lograremos salir de esta cámara frigorífica –dijo abatido Luc.

De pronto se empezó a oír un zumbido y las paredes metálicas temblaron. Desde el techo, una corriente de aire helado cayó sobre ellos. Los chicos tiritaban sin parar, ya que sólo llevaban camisetas y vaqueros.

—¡Dejadnos salir! –gritaron mientras aporreaban la puerta con los puños.

Pero nadie respondió.

La temperatura descendía a cada segundo. En las lisas paredes grises se formó primero una escarcha que pronto se convirtió en una fina capa de hielo.

Patrick movía las piernas para mantenerse en calor. Luc no paraba de mover los brazos y los dientes le castañeteaban.

Ambos sabían que era imprescindible mantenerse en movimiento; si no, se congelarían.

—¿Q... q... q... qué hacemos ahora? –tartamudeó Patrick, descorazonado.

El chico tenía miedo, un miedo terrible.

Lucas corría por la cámara frigorífica de

un lado a otro y trataba de reflexionar. Pero el frío parecía paralizarle los pensamientos. De pronto vio un palo de madera que estaba en el suelo. En uno de los extremos tenía un garfio de metal. Luc lo miró más de cerca. Ya había visto algo parecido en la carnicería. Cogió el palo y trató de golpear con él en el redondo ventanuco.

Fue en vano. El cristal debía de estar blindado.

—N... n... n... nos congelaremos aquí miserablemente –se lamentó Patrick.

De pronto, Luc gimió y se llevó las manos a la tripa.

El chico se retorcía de dolor y tenía la cara descompuesta.

Patrick acudió a él.

–¿Qué pasa? –preguntó asustado.

Luc no respondió.

El chico se sentó en el suelo y abrió los ojos como platos, como si viera fantasmas.

—Eh, Luc... por favor, di algo...

¿Qué te pasa? –insistió Patrick mientras sacudía por los hombros a su amigo.
—¡Cálmate, estoy disimulando! –susurró Luc entre dientes.
Patrick lo miró estupefacto.

¿Por qué se comporta Luc así?

Sólo una llave

Entonces Patrick empezó a quejarse, a poner los ojos en blanco, a llevarse las manos al cuello y a ahogarse como si hubiera tragado veneno, avanzando tambaleante hacia la puerta. Luego se desplomó sin fuerzas sobre el suelo, arañando el metal con las uñas.

—¡Socorro!... ¡Socorro! –dijo con voz rasposa–. ¡Aire!... ¡Aire!

Y a continuación quedó tendido e inmóvil.

Los dos amigos apenas aguantaban ya el frío. No podrían resistir mucho más.

—Luc... ya no puedo más –se quejó Patrick.

—¡Haz un esfuerzo!

Pasaron varios segundos que a los chicos les parecieron horas.

Al rato se oyó un clic y la puerta se abrió desde fuera. Alguien entró y se colocó entre los dos chicos. Éstos notaron que alguien los examinaba.

—¡Ahora! –susurró Lucas.

Patrick se incorporó con rapidez y se lanzó lleno de rabia contra las piernas del desconocido.

El ataque por sorpresa funcionó: el hombre perdió el equilibrio y cayó golpeándose contra el suelo.

Inmediatamente los chicos se precipitaron hacia la salida.

Patrick empujó la puerta con las dos manos y Luc accionó la larga palanca hacia arriba.

El desconocido ya estaba atrapado en la gélida cámara.

—¡Ahora tendrá que esperar hasta que la policía venga a por él! –afirmó Luc.

El chico fue hasta una pequeña caja junto a la puerta y desconectó la refrigeración. El hielo se iría fundiendo poco a poco y a aquel tipo se le pondrían húmedos los pies.

—¡Y ahora, a salir pitando!
Patrick abrió una puerta. Luc le oyó gritar y acudió en su ayuda.
De un armario habían salido varias manos huesudas, posándose en el cuello de Patrick. Parecía como si lo estuvieran ahogando unos esqueletos.
Lucas tiró a un lado de Patrick y los esqueletos se estrellaron contra el suelo.
Los dos chicos recorrieron aquel estrecho espacio tambaleándose y chocaron contra un estante.
De él cayeron latas, derramándose pintura sobre una mesa y sobre ellos dos. Ahora, mientras avanzaban por la oscuridad tanteando, fueron dejando rojas huellas dactilares en las paredes.
A sus espaldas sonó una sirena. Encima de la puerta empezó a dar vueltas una luz roja. Así pues, en la cámara frigorífica había un interruptor de alarma en el que antes no habían reparado.

Pero el delincuente lo conocía. Seguramente tendría un cómplice que ahora acudiría en su ayuda.
Intentaban salir lo antes posible, pero el almacén parecía un laberinto. El pasillo en el que se encontraban tenía muchos recovecos, se bifurcaba y formaba callejones sin salida.
Al poco rato, se habían dado cuenta de que estaban perdidos.

Casi al mismo tiempo que ellos salieron de la cámara frigorífica, Biggi había oído algo crujir y tintinear.
Vio cómo la gran puerta del almacén se abría hacia fuera.
De modo que las cadenas, los candados y la gran tranca no eran más que para engañar a quien intentara entrar.
En realidad, la pesada puerta se abría con un simple tirón.

N55/35

El automóvil de color verde chillón salió silenciosamente a la calle. Sentada al volante volvía a estar la misteriosa momia.
Biggi tragó saliva con fuerza.
Una sombría figura salió en silencio del almacén y volvió a cerrar la puerta.
Biggi oyó cómo uno de los candados se cerraba con un clic.
En ese momento, dentro del almacén sonó una sirena. Aquella persona se asustó y dejó caer la llave.
Al agacharse a recogerla, el automóvil de la momia arrancó repentinamente y la embistió desde atrás.
La sombría figura cayó y quedó tendida en el suelo.
El automóvil de la momia dio marcha atrás y finalmente chocó contra unos contenedores de basura.
Biggi se sobrepuso del susto y corrió en dirección a la persona atropellada.
Entonces vio que se trataba de una mujer.

A la luz de la farola resplandecieron los grandes pendientes que llevaba aquella mujer. Biggi la rodeó prudentemente y, al ver una llave, la cogió.

Ya no le quedaba más que dar con el candado correcto.

Pregunta para ti

¿Qué candado es el que abre la llave?

Insectos gigantes

Patrick y Lucas seguían vagando por el laberinto de pasillos, sin encontrar ni la salida ni el camino de regreso a la cámara frigorífica.

—¡Pssst! ¿Oyes eso? –preguntó Luc. Era una voz grave que cada vez se oía más cercana.

—¡No escaparéis, malditos mocosos! ¡De aquí no saldréis! –vociferaba un hombre.

—¡Maldición, deben de haberlo sacado de la cámara! –susurró Patrick.

Se oyó un gran ruido.

—¡Cora! ¿Eres tú? –preguntó aquel hombre.

Pero no obtuvo ninguna respuesta.

—¡Cora, responde de una vez!

Nadie respondió.

—Maldición, ¿qué es lo que pasa? –protestó con rabia el hombre, ya alejándose.

—Con suerte nos dejarán un rato en paz. ¡Ven, tenemos que dar con la salida! –jadeó Lucas.

Biggi se encontraba en un lugar de techo bajo, pintado de color verde, del donde salían varios pasillos. Al oír la voz del hombre, desapareció por uno de ellos. También ella se perdió al poco rato.

Al torcer por la siguiente esquina, y tras abrir una puerta, retrocedió asustada. Tenía ante ella un cuarto grande, claramente iluminado. En medio había una enorme mantis religiosa y, a su alrededor, insectos gigantescos. Biggi no pudo ver si se movían, pues enseguida se puso a resguardo.

Por dos direcciones diferentes oía pasos que se acercaban. Al parecer, la mujer que estaba inconsciente había vuelto en sí.

Los sinuosos pasillos hacían casi imposible localizar la dirección por la que venían sus perseguidores. Luego se hizo el silencio.

Biggi miró con cautela el cuarto.

Aquellos delincuentes estaban muy cerca. ¿Qué podía hacer a continuación?

Pregunta para ti

¿Debe Biggi entrar en el cuarto o no?

Muchas huellas dactilares

Biggi retrocedió de puntillas por el pasillo. Ahora esas personas la esperarían en vano. No era fácil irse sin hacer ruido. El suelo de madera crujía una y otra vez. Entonces, Biggi se detuvo a escuchar. Se aseguró de que nada se movía y se aventuró a seguir. ¿Dónde estarían los chicos? A propósito, ¿qué sería aquel raro y misterioso edificio? ¿Serían de verdad los insectos? ¿Y si aquí habitaban investigadores excéntricos que criaban a esos monstruos? Finalmente, la chica llegó a la cámara frigorífica. La puerta estaba abierta. Aparte de unos esqueletos en el suelo, no veía a nadie. La chica pasó con repugnancia por aquel montón de huesos y entonces se encontró con la pintura vertida y con las huellas dactilares rojas. También los delincuentes habían dejado

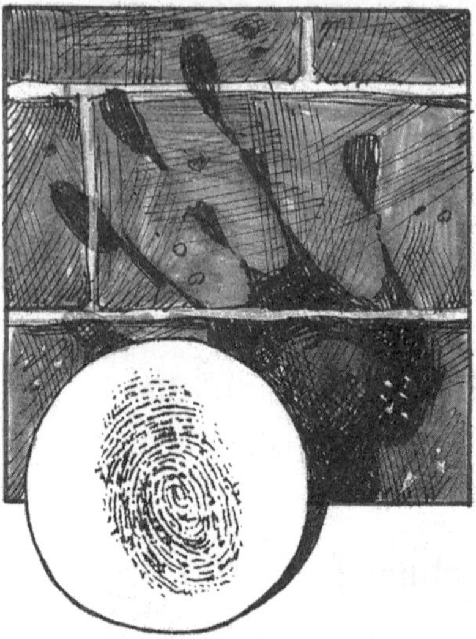

huellas en las paredes. Biggi las siguió hasta quc llegó a un punto donde confluían tres pasillos distintos. Las huellas de pintura eran recientes y mostraban que alguien había caminado por cada uno de ellos.

¿Habían estado allí también sus amigos del Equipo Tigre? Biggi estaba bastante segura de eso, así que sacó del bolsillo el libro de huellas dactilares del Equipo Tigre

y se puso a
compararlas con
las huellas de las
paredes. No
resultaba fácil,
ya que no estaban
completas.

Pregunta para ti

¿Por qué pasillo han ido Luc y Patrick?

¿Insectos gigantes congelados?

Biggi se metió por el pasillo por el que suponía que habían ido sus amigos y trató de llamar su atención con señales secretas del Equipo Tigre.
Daba golpes que significaban: «un tigre se acerca».
Al avanzar más por el pasillo, oyó golpes. Patrick y Luc le comunicaban que se habían perdido.
Biggi se detuvo y golpeó a su vez varias veces.
Esperaba que los chicos encontraran de esa manera el camino hacia ella.
—¿Qué haces tú aquí? –le preguntaron de pronto desde atrás.
Biggi contuvo la respiración. Luego se volvió despacio y, cuando vio a Patrick delante de ella, contestó con una amplia sonrisa:
—Esperando el autobús.

—Nos hemos perdido y, sencillamente, no encontramos la salida –aseguró Lucas apesadumbrado.

—¡Bah! ¿Qué haríais los dos sin mí? –exclamó Biggi con aire de triunfo.

En cuanto Biggi se dio cuenta de que los pasillos formaban un laberinto, en todas las bifurcaciones importantes fue dejando una señal, marcando con la llave una flecha en la madera.

Con la ayuda de estas señales, los tres encontraron rápidamente el camino de salida.

—Eh, venid aquí, tengo que enseñaros algo –susurró Biggi, y condujo a sus amigos al cuarto de los insectos gigantes.

En el techo, la trampilla estaba cerrada. Así pues, los dos delincuentes habían abandonado su puesto de vigilancia, lo que significaba que podían estar acechándolos en cualquier rincón.

—Pero… ¿qué es esto? –susurró Lucas.

—¡Son osos de peluche que se han disfrazado! –gruñó Biggi.

Estaba cansada, y el despiste de los chicos le atacaba los nervios.

Por eso, para calmarse se tuvo que comer un plátano en ese mismo momento.

Luc entró con precaución en el cuarto y se aproximó a los insectos gigantes.

Se había alejado unos pasos cuando Biggi silbó para advertirle.

—¿Qué pasa? –preguntó nervioso el chico.

—Ten cuidado, estos bichos podrían ser de verdad.

Creo que desde que los he visto se han movido.

A lo mejor estaban congelados y ya están volviendo a la vida.

—Tonterías –gruñó Luc.

Patrick y Biggi se miraron sin saber qué hacer, si sacar del cuarto a Luc tirando de él o si dejar que siguiera adelante.

—No, no estoy equivocada. ¡Un insecto se ha movido! –susurró Biggi a Patrick.

¿Qué insecto se ha movido?

¿Puedes responder a la pregunta sin mirar al dibujo anterior?

Los insectos atacan

Luego todo pasó muy deprisa. Los insectos gigantes se pusieron en movimiento. La mantis religiosa adoptó primero la postura de oración que precede al ataque a su víctima, haciendo sonar de forma amenazadora sus pinzas maxilares.
La araña gigante avanzó con pasos rápidos hacia Luc. El chico quiso huir, pero las monstruosas hormigas le cerraron el paso. Un saltamontes del tamaño de una tumbona saltó sobre él y lo tiró al suelo. Una cucaracha y un ciempiés se le subieron encima. Pesaban tanto que el chico no pudo levantarse y apenas lograba respirar.
—¡Socorro!... ¡Ayudadme!
Patrick y Biggi dudaron un momento y a continuación se abalanzaron sobre los insectos gigantes, agarrándolos de las patas

y echándolos a un lado. Los monstruosos animales emitían sonidos y se defendían con todas sus fuerzas. Luego bajaron varias arañas colgadas de finos hilos. Patrick agarró a dos de ellas y las lanzó con tanta fuerza a un rincón, que las dos quedaron hechas un ovillo.

Un gigantesco escarabajo hizo su aparición desde detrás de una puerta oculta, seguido de dos gruesas garrapatas. Patrick y Biggi se sacudieron asqueados y lucharon con todos sus medios. Apartaron a los repugnantes monstruos a patadas y repartieron rabiosos puñetazos a su alrededor.

Finalmente, pudieron liberar a Lucas y salieron de la sala.

Para gran alivio suyo, no les siguió ninguno de aquellos monstruos.

—¡Cógelos, que se largan! –oyeron gritar al hombre.

—¡Cógelos tú! –chilló la mujer–.

¡Tú tuviste la idea de encerrar a los bichos en la cámara frigorífica!
Los amigos del Equipo Tigre lo habían conseguido, y salieron a trompicones a la calle. Biggi tiró de la puerta y la cerró desde fuera.
—¡El coche de la momia! –jadeó Patrick asustado, señalando calle abajo.
—La momia ha atropellado a la mujer y luego se ha ido marcha atrás.
¿No os parece extraño a vosotros también?
Los chicos asintieron. De buena gana habrían salido ya corriendo. Pero entonces se detuvieron, pues del coche salían fuertes ladridos. Sólo podía tratarse de los perros de la señora Beckermann.
Tenían que liberarlos a toda costa.
—No me atrevo ni a acercarme al coche –admitió Patrick.
Pero a Luc tampoco le sobraba el valor.
—¿Es que creéis de verdad que la momia conduce el coche? –preguntó Biggi.

IMPORT

—Pues, sinceramente, sí –respondió Patrick.

—¡Eh, ya sé cómo funciona todo esto! –exclamó Luc agitado.

¿Cómo se maneja el coche de la momia?

El secreto de la momia

Ahora, Luc se explicaba también el incidente que Biggi había expuesto.

—Cuando aquella mujer se agachó, debió de tocar sin darse cuenta la palanca del control remoto. Por eso el coche fue hacia ella. Seguidamente, al caer sobre el aparato, conectó la marcha atrás.

Patrick, que era un experto en esos artilugios, cogió el control remoto del suelo, manipuló la palanca y los botones y, efectivamente, logró poner en marcha el coche.

—¡Estupendo! –le elogiaron sus amigos.

El coche se detuvo ante ellos. Biggi abrió con cautela la puerta del acompañante del conductor y sacó una cesta de animales donde estaban apelotonados los tres perros.

Luc acudió rápidamente junto a ella y examinó la momia. Como habían supuesto, se trataba de un muñeco.

—¡Ahí están! –oyeron decir a los dos delincuentes. Éstos debieron de haber salido del almacén por otra puerta y los habían localizado.

Los del Equipo Tigre estaban agotados y avanzaban lentamente. A Biggi le dolía el tobillo horriblemente, y los chicos tenían que sujetarla.

—¡Socorro! –gritaron los chicos. Pero ¿quién iba a oírles allí? A aquella hora, la calle del Barco estaba desierta.

El hombre y la mujer se les acercaban cada vez más.

—¡Debemos detenerlos de algún modo! –jadeó Lucas.

De pronto Biggi tuvo una idea. Por allí la calle se estrechaba y estaba muy oscuro, lo que la chica quiso aprovechar para ingeniar un plan. Como estaba acostumbrada a no ir tirando por ahí la basura, llevaba consigo algo que ahora podía resultarles muy útil.

Pregunta para ti

¿Qué es lo que Biggi va a tirar al suelo?

Biggi hace un descubrimiento

El truco funcionó. Los tres amigos oyeron un grito a sus espaldas. Al volverse, vieron que los delincuentes habían resbalado, cayendo uno sobre otro. Para cuando se levantaron, los tres estaban ya en la calle principal e indicaron a un coche que se detuviera, pidiendo al conductor que avisara a la policía con el teléfono móvil. Sorprendentemente, en casa no les aguardaba ninguna regañina. Sus padres estaban felices de que hubieran regresado sanos y salvos. La señora Beckermann lloró de nuevo, pero esta vez de alegría. Y es que la «momia» le había anunciado que le devolvería los perros, pero antes tendría que pagar más dinero, y a ella ya no le quedaba mucho más.
Al día siguiente se despejó el enigma del coche de la momia y de los insectos gigantes. La policía informó al Equipo Tigre

de que el almacén iba a convertirse en una atracción, una especie de tren fantasma con autómatas y laberintos. Pero los trabajos llevaban paralizados algún tiempo.
Los delincuentes lo descubrieron y de ese modo se les ocurrió la idea del coche de la momia y de exigir dinero a cambio de protección.
Transcurrieron dos semanas, pero se seguía sin rastro de los delincuentes. La policía se había incautado en el almacén de casi todo el botín, y por la prensa y la televisión habían pedido a las víctimas que se personaran a fin de que les fuera devuelto el dinero.
Era ya otoño cuando Biggi recibió de una tía cien marcos y fue a ingresarlos en su libreta de ahorros. Cuando entró en el banco y se puso en la cola de la caja, se estremeció repentinamente.
Los del Equipo Tigre ya habían sospechado que los delincuentes estaban informados

sobre los ahorros de sus víctimas. Ahora ella se explicaba por qué: la mujer trabajaba en el banco.

Biggi la denunció inmediatamente y ese mismo día los telediarios informaron de su detención. Se reconoció a su cómplice y se le detuvo también.

¿Cómo ha reconocido Biggi a la mujer de la ventanilla?

Los tres amigos estaban tremendamente orgullosos y, para su sorpresa, hasta recibieron una recompensa del señor Meier, con lo tacaño que era...
De nuevo habían hecho honor a su consigna:

«***¡Somos los Tigres,***
los más geniales,
y a detectives
no hay quien nos gane!»

Tarjeta del caso

El coche de la momia

El cuarto miembro del Equipo Tigre

____

(pon tu nombre)

ha resuelto este caso...

fatal — flojillo — regular — bien — muy bien — súper

□□□□□□□□□□□□□□□□□□□

Luc Biggi Patrick

Un caso para ti y el Equipo Tigre

Caso 1
En el Templo de los Truenos
Caso 2
El fantasma del picadero
Caso 3
El avión fantasma
Caso 4
Los caballeros robots
Caso 5
En la Costa de los Huesos
Caso 6
La maldición del faraón
Caso 7
Un helicóptero de pesadilla
Caso 8
Monstruos invisibles
Caso 9
Un barco de vapor demoniaco
Caso 10
El safari de los monstruos
Caso 11
La góndola espeluznante
Caso 12
El yelmo de la calavera
Caso 13
El pantano de las Brujas
Caso 14
El coche de la momia